# Le Roman
# de la momie

## FichesdeLecture.com

# *Le Roman de la momie*
# (Fiche de lecture)

## I. INTRODUCTION

*Le Roman de la momie* est un roman historique sur l'Égypte antique. L'auteur s'est inspiré de l'ouvrage d'Ernest Feydeau, *Histoire des usages funèbres et des sépultures des peuples anciens. Le Roman de la Momie* parut d'abord en feuilleton dans le *Moniteur universel,* du 11 mars au 16 mai 1857, puis chez Hachette en 1858. Gautier n'avait alors pas encore visité l'Égypte. Il s'y rendit en 1869, pour l'inauguration du canal de Suez, mais un accident l'empêcha de contempler de ses yeux les merveilles thébaines.

Cette œuvre est dédiée à Ernest Feydeau et nous plonge dans les mystères de l'Égypte antique et dans la découverte archéologique.

À son habitude l'auteur reprend au cours du récit plusieurs thèmes lui étant chers tels que l'aventure, l'amour idéal, l'esthétique et la mort. En 1862, Gautier est élu président de la Société nationale des Beaux-arts, il est entouré d'un comité composé des peintres les plus prestigieux comme Eugène Delacroix.

## II. RÉSUMÉ DU ROMAN

Nous sommes à la fin du XIXe siècle, non loin du Nil, dans la vallée de Biban-el-Molouk, le savant égyptologue Rumphius et le jeune Lord anglais Evandale sous la conduite du grec Argyropoulos découvrent un tombeau inviolé. Depuis plus de 3500 ans, nul n'a foulé le sol des chambres funéraires, à la qualité de la sépulture ils pensent qu'il s'agit de celle d'un grand Pharaon. Ils découvrent la momie miraculeusement conservée d'une jeune fille d'une magnifique beauté appelée Tahoser.

Lord Evandale tombe éperdument amoureux de la belle morte, Rumphius tente de déchiffrer le papyrus qui raconte sa vie. Après trois ans d'études acharnées, il y parvient et nous plonge dans l'histoire de cette momie et de son amant, le pharaon. Tahoser est la fille du grand prêtre Pétamounoph, à sa mort elle devient riche et puissante. Alors que le Pharaon Ramsès revient victorieux de la campagne d'Éthiopie, il s'éprend de la fille du grand prêtre. Mais cette dernière tombe sous le charme de Poëri un jeune israélite, aperçu à son balcon.

Contre l'avis de son entourage, la jeune fille s'enfuit de son palais déguisée en pauvresse et se rend chez Poëri qui la prend en pitié et l'accueille comme servante. Elle vit quelques jours auprès de lui tandis que Pharaon, inquiet, la fait rechercher.

Une nuit, elle suit Poëri dans les ruelles du quartier juif et découvre qu'il aime une autre femme, Rachel. Foudroyée par la fièvre Tahoser s'effondre devant la porte de Rachel qui la recueille. Lorsque Poëri la reconnaît, Rachel comprend le mal qui semble la ronger et appelle Moïse pour qu'il la guérisse. Tahoser revient à elle et Rachel lui propose de partager son fiancé avec elle à condition qu'elle renie les Dieux de l'Égypte, Tahoser accepte.

Mais Thamar, la vieille servante de Rachel se méfie de la belle Égyptienne et alerte Pharaon. Ramsès la couvre d'or et l'enlève. Il lui avoue son amour et la garde dans son palais. À ce moment a lieu le célèbre bras de fer entre Ramsès et Moïse : Après les sept plaies de l'Égypte et les suppliques de Tahoser, Pharaon se résout à laisser partir les enfants d'Israël. Puis pris de colère, il se lance à leur poursuite et est englouti par la Mer Rouge avec son armée.

Désormais seule, Tahoser devient reine d'Égypte, elle meurt jeune et est inhumée dans le magnifique tombeau prévu pour Ramsès.

# III. PRÉSENTATION DES PERSONNAGES

## Le pharaon

Au début du récit, il revient victorieux de la campagne d'Éthiopie et jette son dévolu sur la fille du grand prêtre. Déterminé et orgueilleux, il déteste que quelqu'un ou quelque chose lui résiste, lorsqu'il enlève Tahoser Pharaon ne lui demande pas de l'aimer, mais d'être là pour que lui seul puisse l'aimer. Il l'installe dans « une cage dorée » un monde de plaisirs sans avoir à penser. Il meurt englouti par la Mer Rouge avec son armée.

## Tahoser

C'est la fille du grand prêtre Pétamounoph, à la mort de son père elle devient riche et puissante, elle a tout ce don une jeune fille peut rêver comme le lui rappelle Nofré. Mais à la vue d'un jeune juif, elle tombe immédiatement amoureuse de celui-ci et décide de refuser l'amour du pharaon pour vivre avec l'élu de son cœur. Cependant elle découvre qu'il aime une autre femme, Rachel. Cette dernière accepte de partager son fiancé avec elle si elle renie les Dieux de l'Égypte. Ce qu'elle accepte. Hélas, la cachette de Tahoser est dénoncée et elle est enlevée par le Pharaon qui en fait sa femme et la garde au palais. Elle meurt jeune et seule en ayant perdu les deux hommes de sa vie. Sa beauté séduit le jeune Lord Evandale plus de 3500 ans après sa mort.

## Poëri

C'est un jeune israélite : « *un beau jeune homme, nonchalamment appuyé à une des colonnettes du pavillon, paraissait regarder la foule ; mais ses prunelles sombres, devant lesquelles semblait danser un rêve, ne s'arrêtèrent pas sur le char qui portait Tahoser et Nofré* ». Il vit dans le quartier juif et aime Rachel. Contrairement au pharaon il ne l'aime pas la laisse l'aimer, elle est libre de ses pensées et de ses gestes. Elle doit en échange le suivre dans le désert et renoncer à sa religion.

## Lord Evandale

C'est un Lord, qui vit de ses rentes. Mécène il admire Rumphius pour son savoir qu'il compare à des grands spécialistes. Il est sous le charme de la momie.

## Rumphius

C'est un égyptologue, un savant allemand issu d'un milieu plus modeste que le jeune Lord qui lui a permis de venir dans ce pays.

Ils sont en Égypte pour trouver une tombe inviolée, ce n'est pas leur première tentative.

# IV. AXES DE LECTURE

## Un roman historique

Un roman historique est un roman qui a pour toile de fond un ou plusieurs épisodes de l'Histoire. Au cours du récit, l'auteur utilise plusieurs figures historiques, mais aussi bibliques telles que le Pharaon ou encore Moise. En effet, l'auteur a fait des recherches historiques pour écrire ce récit qui se déroule au cours de l'Égypte antique suite à la découverte d'une momie dans la fameuse vallée des rois. En effet l'auteur s'est inspiré de l'ouvrage d'Ernest Feydeau, *Histoire des usages funèbres et des sépultures des peuples anciens*

L'action se passe à Thèbes, l'Égypte antique est une ancienne civilisation d'Afrique du Nord concentrée le long du cours inférieur du Nil, dans ce qui constitue aujourd'hui l'Égypte. Cette civilisation prend forme autour de -3150 avec l'unification politique de la Haute et de la Basse-Égypte sous le règne du premier pharaon et se développe sur plus de trois millénaires et prend officiellement fin en -31 lorsque l'Empire romain conquiert l'Égypte pour en faire une province.

Cette civilisation s'adapte aux conditions de la vallée du Nil, elle affirme sa domination sur la région. Toutes les activités sont organisées par une bureaucratie de scribes, de dirigeants religieux et d'administrateurs sous le contrôle du pharaon qui assure l'unité du peuple égyptien dans le cadre d'un système complexe de croyances religieuses.

Le récit est riche de descriptions très détaillées des conditions de vie, des personnages, des attitudes, des constructions...qui reflètent l'admiration de l'auteur pour cette civilisation disparue. Entre histoire et légende, il nous plonge au cœur d'un récit à la fois romantique et mystérieux.

Gautier aurait voulu être peintre. Il reçoit d'ailleurs une formation auprès de Louis Edouard Rioult. Mais celui-ci le congédie en 1829, et Gautier troque le pinceau contre la plume. Puis il rencontre Eugène Delacroix en 1830, considéré comme le chef de file de la peinture romantique française, à l'origine de l'orientalisme, il a eu une influence esthétique sur l'œuvre de Gautier. On retrouve cet esthétisme dans les descriptions d'un monde plein de richesses et de merveilles que l'auteur nous présente au début.

## Les références bibliques

Rachel se montre magnanime et partage son compagnon avec Tahoser, cette relation à trois est une référence à la bible. Puis la présence de Mosché et Aharon deux hébreux débouche sur une confrontation entre de deux religions.

Celles-ci s'affrontent de manière spectaculaire, il y d'un côté un Pharaon orgueilleux qui refuse de laisser partir les esclaves alors que Tahoser le met en garde. Malgré son apparente puissance, il est en réalité faible et désarmé devant les Hébreux.

Les sept plaies s'abattent sur l'Égypte et Pharaon ne tient pas sa promesse, les sages l'abandonnent. On assiste à la chute de Pharaon.

## La place des femmes

D'emblée le titre nous indique qu'il y aura plusieurs femmes dans le récit. Dès le début elles incarnent la beauté, la grâce et la fragilité. Les femmes sont là pour le plaisir de l'homme, elles sont présentes pour être contemplées tour à tour musiciennes et danseuses : « *Les femmes [...] relevées de leurs prostrations et assises sur de beaux fauteuils sculptés, dorés et peints, aux coussins de cuir rouge gonflé avec de la barbe de chardon : rangées ainsi, elles formaient une ligne de têtes gracieuses et souriantes, que la peinture eût aimé reproduire* ».

Les femmes occupent donc une place importante dans le récit, elles sont à l'origine des désirs et des passions. Une jeune noble égyptienne tombe amoureuse d'un jeune esclave. Mais le pharaon a jeté son dévolu sur cette jeune fille.

Tahoser devient une femme à travers le récit, de jeune fille naïve elle apprend à influencer le pharaon pour mieux défendre les intérêts de Poëris et son peuple.

# Dans la même collection en numérique

*Escadrille 80*

*Inconnu à cette adresse*

*La controverse de Valladolid*

*Les Vilains petits canards*

*Une partie de campagne*

*Cahier d'un retour au pays natal*

*Dora Bruder*

*L'Enfant et la rivière*

*Moderato Cantabile*

*Alice au pays des merveilles*

*Le faucon déniché*

*Une vie*

*Chronique des Indiens Guayaki*

*Je voudrais que quelqu'un m'attende quelque part*

*La nuit de Valognes*

*Œdipe*

*Disparition Programmée*

*Education européenne*

*L'auberge rouge*

*L'Illiade*

*Le voyage de Monsieur Perrichon*

*Lucrèce Borgia*

*Paul et Virginie*

*Ursule Mirouët*

*Discours sur les fondements de l'inégalité*

*L'adversaire*

*La petite Fadette*

*La prochaine fois*

*Le blé en herbe*

*Le Mystère de la Chambre Jaune*

*Les Hauts des Hurlevent*

*Les perses*

*Mondo et autres histoires*

*Vingt mille lieues sous les mers*

*99 francs*

*Arria Marcella*

*Chante Luna*

*Emile, ou de l'éducation*
*Histoires extraordinaires*
*L'homme invisible*
*La bibliothécaire*
*La cicatrice*
*La croix des pauvres*
*La fille du capitaine*
*Le Crime de l'Orient-Express*
*Le Faucon malté*
*Le hussard sur le toit*
*Le Livre dont vous êtes la victime*
*Les cinq écus de Bretagne*
*No pasarán, le jeu*
*Quand j'avais cinq ans je m'ai tué*
*Si tu veux être mon amie*
*Tristan et Iseult*
*Une bouteille dans la mer de Gaza*
*Cent ans de solitude*
*Contes à l'envers*
*Contes et nouvelles en vers*
*Dalva*
*Jean de Florette*
*L'homme qui voulait être heureux*
*L'île mystérieuse*
*La Dame aux camélias*
*La petite sirène*
*La planète des singes*
*La Religieuse*
*1984 A l'Ouest rien de nouveau*
*Aliocha*
*Andromaque*
*Au bonheur des dames*
*Bel ami*
*Bérénice*
*Caligula*
*Cannibale*
*Carmen*

Chronique d'une mort annoncée

Contes des frères Grimm

Cyrano de Bergerac

Des souris et des hommes

Deux ans de vacances

Dom Juan

Electre

En attendant Godot

Enfance

Eugénie Grandet

Fahrenheit 451

Fin de partie

Frankenstein

Gargantua

Germinal

Hamlet

Horace

Huis Clos

Jacques le fataliste

Jane Eyre

Knock

L'homme qui rit

La Bête humaine

La Cantatrice Chauve

La chartreuse de Parme

La cousine Bette

La Curée

La Farce de Maitre Pathelin

La ferme des animaux

La guerre de Troie n'aura pas lieu

La leçon

La Machine Infernale

La métamorphose

La mort du roi Tsongor

La nuit des temps

La nuit du renard

La Parure

*La peau de chagrin*

*La Petite Fille de Monsieur Linh*

*La Photo qui tue*

*La Plage d'Ostende*

*La princesse de Clèves*

*La promesse de l'aube*

*La Vénus d'Ille*

*La vie devant soi*

*L'alchimiste*

*L'Amant*

*L'Ami retrouvé*

*L'appel de la forêt*

*L'assassin habite au 21*

*L'assommoir*

*L'attentat*

*L'attrape-coeurs*

*Le Bal*

*Le Barbier de Séville*

*Le Bourgeois Gentilhomme*

*Le Capitaine Fracasse*

*Le chat noir*

*Le chien des Baskerville*

*Le Cid*

*Le Colonel Chabert*

*Le Comte de Monte-Cristo*

*Le dernier jour d'un condamné*

*Le diable au corps*

*Le Grand Meaulnes*

*Le Grand Troupeau*

*Le Horla*

*Le jeu de l'amour et du hasard*

*Le Joueur d'échecs*

*Le Lion*

*Le liseur*

*Le malade imaginaire*

*Le Mariage de Figaro*

*Le meilleur des mondes*

*Le Monde comme il va*

*Le Parfum*

*Le Passeur*

*Le Petit Prince*

*Le pianiste*

*Le Prince*

*Le Roman de la momie*

*Le Roman de Renart*

*Le Rouge et le Noir*

*Le Soleil des Scortas*

*Le Tartuffe*

*Le vieux qui lisait des romans d'amour*

*L'Ecole des Femmes*

*L'Ecume Des Jours*

*Les Bonnes*

*Les Caprices de Marianne*

*Les cerfs-volants de Kaboul*

*Les contes de la Bécasse*

*Les dix petits nègres*

*Les femmes savantes*

*Les fourberies de Scapin*

*Les Justes*

*Les Lettres Persanes*

*Les liaisons dangereuses*

*Les Métamorphoses*

*Les Mouches*

*Les Trois mousquetaires*

*L'étrange cas du Dr Jekyll et de Mr Hyde*

*L'Ile Au Trésor*

*L'île des esclaves*

*L'illusion comique*

*L'Ingénu*

*L'Odyssée*

*L'Ombre du vent*

*Lorenzaccio*

*Madame Bovary*

*Manon Lescaut*

*Micromégas*

*Mon ami Frédéric*

*Mon bel oranger*

*Nana*

*Ne tirez pas sur l'oiseau moqueur*

*Notre-Dame de Paris*

*Oliver twist*

*On ne badine pas avec l'amour*

*Oscar et la dame rose*

*Pantagruel*

*Le Misanthrope*

*Perceval ou le conte du Graal*

*Phèdre*

*Ravage*

*Roméo et Juliette*

*Ruy Blas*

*Sa Majesté des Mouches*

*Si c'est un homme*

*Stupeur et tremblements*

*Supplément au voyage de Bougainville*

*Tanguy*

*Thérèse Desqueyroux*

*Thérèse Raquin*

*Ubu Roi*

*Un Barrage contre le Pacifique*

*Un long dimanche de fiançailles*

*Un secret*

*Vendredi ou la vie sauvage*

*Vipère au poing*

*Voyage au bout de la nuit*

*Voyage au centre de la terre*

*Yvain ou le Chevalier au lion*

*Zadig*

# À propos de la collection

La série FichesdeLecture.com offre des contenus éducatifs aux étudiants et aux professeurs tels que : des résumés, des analyses littéraires, des questionnaires et des commentaires sur la littérature moderne et classique. Nos documents sont prévus comme des compléments à la lecture des oeuvres originales et aide les étudiants à comprendre la littérature.

Fondé en 2001, notre site FichesdeLectures.com s'est développé très rapidement et propose désormais plus de 2500 documents directement téléchargeables en ligne, devenant ainsi le premier site d'analyses littéraires en ligne de langue française.

FichesdeLecture est partenaire du Ministère de l'Education du Luxembourg depuis 2009.

Plus d'informations sur www.fichesdelecture.com

Notes :